라이너 마리아 릴케
한스-위르겐 가우데크

내가 정원이면 좋겠습니다

릴케 수채화 시집

Rainer Maria Rilke

라이너 마리아 릴케

내가 정원이면 좋겠습니다

릴케 수채화 시집

라이너 마리아 릴케의 시와 나눈 대화

한스-위르겐 가우데크 엮음

장혜경 옮김

모스그린

Moss Green

그대에게 봄을 보여주고 싶습니다

수많은 기적을 낳는
봄을 그대에게 보여주고 싶습니다.
봄은 숲에만 깃들뿐
도시에는 오지 않습니다.

차가운 골목길을 멀리 나와
손을 맞잡고
둘이서 걸어가는 사람만이
언젠가 봄을 볼 수 있을 겁니다.

1898년

자연은 행복합니다

자연은 행복합니다. 허나 우리 마음에선
너무도 많은 힘이 만나 뒤엉켜 싸우지요.
누가 가슴으로 봄맞이 채비를 하시나요?
누가 반짝반짝 빛날 줄 아시나요? 누가 비를 내릴 수 있을까요?

누구의 심장으로 바람이 지나가나요? 거스를 수 없는 바람이?
누가 새들의 비상을 마음으로 품어줄까요?
한 그루 나무에 매달린 모든 가지가 그러하듯
누가 그처럼 잘 휘어지면서도 잘 부러지나요?

비탈을 내려가는 물처럼
누가 그처럼 순수하게, 발랄하게 미지의 행복을 향해 달려갈까요?
누가 들길을 가듯 조용히, 뻐기지 않고 산비탈을 올라
그 꼭대기에 머물까요?

1919년

6

봄바람

이 바람과 함께 운명이 옵니다. 오라 하세요. 오, 오라고 하세요.
절박한 것, 앞 못 보는 것,
우리를 뜨겁게 달굴 모든 것 - 그 모두를 오라 하세요.
(그것이 우리를 찾게 움직이지 말고 가만히 있어요.)
오, 우리의 운명이 이 바람과 함께 옵니다.

이름 없는 것들을 나르느라 비틀거리며
어디선가 이 새로운 바람이 바다를 건너
진짜 우리를 데려옵니다.

진짜 우리라면, 우리는 편안할 것입니다.
(하늘이 우리 마음에서 솟구쳤다 내려옵니다.)
그러나 이 바람과 함께 거듭
운명은 우리를 껑충 뛰어넘습니다.

1907년

산책

벌써 내 눈길은 앞서 언덕에 가 있습니다. 양지바른 언덕,
내가 간신히 발을 들여놓은 길에 앞서 가 있습니다.
그렇게 우리가 이해할 수 없는 것이
온갖 모습으로, 저 멀리서 우리를 붙들어,

우리 아직 닿지 못했으나 우리를 바꾸어 놓습니다.
우리가 미처 예감하기도 전에 되어버린 그것으로.
하나의 기호가 우리의 기호에 화답하며 불어오지만……
우리가 느끼는 것은 맞바람뿐입니다.

1924년

fan de ville '91

봄이 오면

금빛 햇살에 싸여 첫 싹이 올라옵니다.
연약한 그 싹은
마차들을 이끌고 앞서 달리는 첫 마차입니다.

과수원에서는.

철새들은 다시
옛터에 모였습니다.
이제 곧 악대도 연주를 하겠지요.

과수원에서는.

봄바람은 새로운 방식으로
재미난 옛 동화를 들려줍니다.
저 바깥에선 처음 맺어진 한 쌍의 연인이 꿈을 꿉니다.

과수원에서는.

1895년

어느 사월에

숲이 다시 싱그럽습니다.
허공을 나는 종달새들이 높이 날아오르며
우리의 어깨를 무겁게 짓누르는 하늘을 낚아채어
들어 올립니다.
나뭇가지 틈새로는
여전히 텅 빈 한낮을 보았지만
비 내리는 긴 오후가 가고 나면
황금빛 햇살 넘실대는
새로운 시간이 찾아옵니다.
저 먼 곳의 집 앞쪽으로 상처 난 창문들이
그 시간을 피해 달아나며
겁에 질려 날개를 퍼덕댑니다.

그러다 조용해질 겁니다. 비마저 조용히
어두워지는 돌들의 광채 위를 더 소리죽여 지나갑니다.
모든 소음은 잔뜩 몸을 움츠리고서
여린 나뭇가지의 반짝이는 꽃망울 속으로 쏙 들어갑니다.

1900년

산(山)

서른여섯 번 하고도 백 번을,
화가는 그 산을 그렸고,
도망쳤다가는 다시 떠밀려왔습니다.
(서른여섯 번 하고도 백 번을)

저 불가사의한 불의 산으로.
가슴 설레며, 자꾸만 끌리는 마음에, 어쩔 도리가 없어서.
그사이 스케치에 담긴 산은
그 기백을 한껏 뽐냈습니다.

날마다 수천 번씩 떠오르고,
모든 것이 너무 갑갑한 듯
비길 데 없는 밤들을 제 몸에서 떨어내며,
모든 모습을 순간에 다 써버리고,
이 형체에서 저 형체로 상승합니다.
무심히, 멀리서, 아무 생각도 없이.
그렇게 문득 깨달아, 유령처럼
그 모든 틈새 뒤편으로 우뚝 솟아 오릅니다.

1906/07년

** 19세기 초중반에 활동했던 일본의 대표적인 목판화가 가츠시카
호쿠사이의 대표작 〈후지산 36경〉에서 영감을 받아 쓴 시입니다.

저기 탑에 기대어 선 폭풍

저기 탑에 기대어 선 폭풍,
우듬지와 깃발만은
그것의 기다림을 예감할 수 있어서
두려움에 속삭입니다. 폭풍이야.

여린 자작나무 그 소리 듣고서
줄기를 맞대어 서로를 떠받칩니다.
무색의 불꽃처럼
폭풍의 턱수염이 펄럭입니다.

아이들은 벌써 알아차리고
엄마의 품을 찾아듭니다.
사나운 벌들이 내는 듯한
소리가 대기를 채웁니다.

1897년

숲속 하늘에서 귀 기울이는 구름이여.

숲속 하늘에서 귀 기울이는 구름이여,
너희들이 일찍이 잠깨우는 비가 되어
꿈에 취한 곡식들을
두들긴다는 것을 알게 된 후로
우리 얼마나 너희를 사랑하게 되었는지.

1898년

들장미 덤불

비 내리는 저녁, 날은 어둑어둑해도
그대는 싱싱하고 순수합니다.
제 덩굴에서 선물하듯 손을 내뻗지만
장미라는 자기 존재에 푹 빠져있지요.

바라지도 가꾸지도 않았건만
납작한 꽃잎은 벌써 여기저기서 벌어지고
그렇게 끝없이 자신을 뛰어넘고
이루 말할 수 없이 스스로 흥분하여

장미는 나그네를 외쳐 부릅니다.
저녁의 상념에 잠겨 길가는 나그네를.
오, 걸음 멈추고 나를 봐요. 여기를 보아요.
보살펴주지 않아도 나는 걱정없어요. 아무것도 필요 없어요.

1924년

스카네*의 저녁

정원은 높은 곳에 있습니다. 집에서 나가듯
나는 공원의 어스름을 빠져나와
평원과 저녁 속으로 들어갑니다. 바람 속으로,
구름도 느끼는 그 바람 속으로 걸어갑니다.
맑은 강물 속으로, 그리고 하늘의 가장자리에서
느릿느릿 곡식을 빻으며 서 있는 풍차 방앗간으로.
이제는 나도 바람의 손에 잡힌 물건 같습니다.
이 하늘 아래 가장 작은 물건. 보세요,

저것은 하늘인가요?
황홀하게 연한 파랑,
그 안으로 점점 더 깨끗해져가는 구름이 몰려갑니다.
그 아래로 온갖 하양이 흐르고
그 위로는 붉게 밑그림을 칠한 듯 따뜻하게 끓으며
그 얄팍한 큰 회빛이 깔려 있습니다.
그리고 이 모든 것을 적시는 저무는 해의
이 고요한 빛.

너무도 멋진 건축물입니다.
제 안에서 움직이고 혼자 알아서 돌아가며,
첫 별이 뜨기 전 큰 날개와 주름, 높은 산,
온갖 형체를 만들다가
홀연히 저기,
새들만 알 것 같은 저 먼 곳으로 들어갈 문 하나……

1904년

** 스웨덴 남부의 지명, 릴케는 그곳의 보르게비 가르드
정원에 손님으로 머문 적이 있습니다.

내가 정원이면 좋겠습니다

내가 정원이면 좋겠습니다. 샘물가에서
수많은 꿈이 새로운 꽃을 피워내는 정원이라면.
꽃들은 제각기 떨어져 생각에 잠겼으나
말 없는 대화로 하나가 됩니다.

꽃들이 거닐 때면 그 머리 위에서
나의 말이 나무 우듬지처럼 살랑이면 좋겠습니다.
꽃들이 쉴 때면 나는 침묵으로 선잠에 취한
꽃들의 말을 엿듣고 싶습니다.

1897년

남의 정원에서
- 보르게비 가르드

두 갈래 길이 있습니다. 그 누구도 인도하지 않는 길이지요.
허나 이따금 생각에 잠겨, 그중 하나가
그대를 계속 걷게 합니다. 길을 잘못 든 것 같지요.
그러다 홀연히 그대 둥근 꽃밭에
다시금 비석과 함께 홀로 남아
다시금 비석을 읽어봅니다. 남작 부인
브리테 소피. 그리고 다시금 손가락으로
허물어진 연도를 더듬습니다.
왜 이런 발견은 아무리 해도 하찮아지지 않는 걸까요?

그대는 왜 이 눅눅하고 어두우며 인적 드문
느릅나무 밑에서 생전 처음인 양
기대에 차서 망설이고 있나요?

무엇에 혹했기에 그 반대를 쫓아
햇살 환한 꽃밭에서 장미 나무의 이름이라도 되는 양
무언가를 찾는 것일까요?

그대는 왜 자주 멈추어 서나요? 그대의 귀는 무슨 소리를 듣나요?
그리고 마지막으로, 반짝이며 키 큰 풀협죽도를 맴도는 나비를
그대는 왜 홀린 듯 쳐다보고 있나요?

1907년

바다의 노래
- 카프리섬, 마리나 피콜라 해변에서

바다에서 불어오는 태고의 바람,
밤에 부는 바닷바람.
    그대는 그 누구를 찾아 온 것이 아닙니다.
누군가 잠에서 깨어나면
그대를 버텨내야
할 테지요.
    바다에서 불어오는
태고의 바람,
원시의 바위만 찾겠다는 듯
순수한 공간을
찢으며 저 멀리서 불어오지요.

    아, 저 높은 곳 달빛을 받아
열매 맺는 무화과나무는
그대를 어찌 느낄까요.

1906년/07년

30

분홍 수국

누가 이 분홍을 예상했겠습니까?
이 산형 꽃차례에 분홍이 모여 있는 줄은 또 누가 알았겠습니까?
금박이 벗겨진 금박 물건처럼
꽃들이 써서 닳은 듯 소리 없이 붉은빛을 잃어갑니다.

꽃은 그런 분홍을 위해 그 무엇도 바라지 않습니다.
분홍은 꽃을 위해 이곳에 남아 허공에서 미소짓나요?
사그라드는 분홍을 다정히 받아 안으려
향기처럼 마음씨 고운 천사가 이곳에 오셨나요?

아니면 꽃이 분홍을 단념한 것인지도 모릅니다.
그래야 분홍이 영락을 모를 테니까요.
허나 이 분홍 밑에서는 초록이 귀를 쫑긋 세웠습니다.
이제 시들어가는 그 초록은 모든 것을 알고 있습니다.

1907년/08년

청수국

팔레트에 달라붙은 마지막 초록 물감처럼
이 이파리들은 바스락 말랐고 뭉툭하며 꺼칠꺼칠합니다.
제 몸에 파랑을 담지 못하고
그저 멀찍이서 되비추기만 하는 산형 꽃차례 너머에서.

꽃잎들은 울다 지쳐 흐리멍텅하게 파랑을 되비춥니다.
다시금 파랑을 잃어버리고 싶은 듯합니다
해묵은 파란 편지지처럼 그 꽃잎들 속에는
노랑이, 보라가, 잿빛이 숨어 있습니다.

어린아이의 앞치마에 묻은 색깔처럼 빛바랜 색.
담기지 못해 이젠 아무 일도 생기지 않을 색.
작은 생명의 짧기만 한 수명을 우리는 어떻게 느끼나요.

그러나 문득 꽃차례 하나에서
파랑이 다시 피어나는 듯 합니다.
눈물 나게 감동적인 파랑 하나가 초록 앞에서 기뻐하는군요.

1906년

사과 과수원
보르게비-가르드

해지거든 얼른 와서
저녁 무렵 잔디밭의 초록빛을 보세요.
우리가 그 초록빛을 오랫동안 마음에
모아 아껴두었다가,

여전히 마음속 어둠과 뒤섞인 채로
지금 그것을 느낌과 추억,
새 희망과 반쯤 잊힌 기쁨에서 꺼내어
생각으로 우리 발치에 흩뿌리는 것은 아닌가요

수 백날 노동의 무게를
꽉 찬 열매에 담아내는
뒤러의 그림 같은 나무 아래로,
헌신하며 인내하고 시험하면서,

우리가 긴 인생을 살아가며 순순히
단 하나만 바라고 성장하고 침묵한다면,
모든 잣대를 뛰어넘는 그것을 어떻게 해야
여전히 드높이고 내어줄 수 있을지 시험하면서.

1907년

광장
- 푸르네스

과거가 제멋대로 넓혀놓았습니다.
분노와 항거, 사형수를
형장까지 동행하는 난장판,
상점과 시장통에서 고함을 지르는 입,
말을 타고 지나가는 공작,
부르군트 왕국의 용맹이 넓혀놓았습니다.

(사방을 배경으로 삼아서)

광장은 넓은 제 공간으로 들어오라며
먼 곳의 창문들을 쉬지 않고 불러들입니다.
그사이 빈 땅의 신하와 수행원들은
다툼의 차례에 맞추어 천천히

나뉘어 정렬합니다. 합각머리로 올라가며
작은 집들은 모든 것을 보고 싶어 하고
탑들은 서로가 겁나서 입을 꾹 다문 채로
늘 지나치게 집들 뒤로 물러섭니다.

1907년

여름비 내리기 전

한순간 공원의 모든 초록이
뭔지 모를 무언가를 빼앗깁니다.
창으로 더 가까이 다가와
입을 꾹 다문 비가 느껴집니다. 절박하고 세차게

울어대는 물떼새 울음이 수풀에서 울립니다.
히에로니무스가 생각나네요.
이 하나의 목소리에서 무엇인지 모를 고독과 열정이
그렇게나 많이 솟구칩니다. 쏟아지는 비가

엿듣게 될 그 목소리에서. 건물의 벽들은
우리 말을 들으면 안 되는 양
매단 그림들을 데리고 우리를 떠나갔습니다.

어릴 적엔 무섭기만 했던
오후의 어슴푸레한 빛을
바랜 벽지가 되비춥니다.

1906년

페르시아 헬리오트로프

그대는 생각할 수 있습니다. 그대의 여자친구가
장미를 향한 칭송을 너무 소란스럽다 여길지 모른다고.
어여쁜 자수가 놓인 그 풀을 집으세요.
그리고 간절히 속삭이는 헬리오트로프를 가지고

저 좋아하는 장소에 앉아서
소리쳐 칭송하나 장미를 잘 모르는 페르시아 꾀꼬리를 이기세요.
모음의 초롱초롱한 보라빛에서 나와
고요한 캐노피 침대를 지나 향기를 풍기면서
밤마다 달콤한 말들은 그 무엇으로도 떼어놓을 수 없을 만큼
다닥다닥 붙어 문장이 되기 때문입니다.

그렇게 누빈 이파리 앞에서
초롱한 별들은 짝을 지어 비단 같은 포도송이로 영글고
고요를 바닐라와 계피와 뒤섞어서
고요는 거의 희미해지고 말지요.

1908년

일몰

카프리

눈부신 눈길처럼, 한낮으로 북적이는
따스한 원형경기장처럼, 육지가 그대를 에워쌌습니다.
마침내 빛을 뿜으며 금빛 찬란한 팔라스 아테나가 되어
곳에 서기까지.

몰락이 자신을 허비하는 큰 바다의 손길에 흩뿌려져
그곳 서서히 비어가는 여러 공간에서,
그대 머리 위에서, 집과 나무들 위에서,
산 위에서 공간은 비어갔습니다.

그리고 가벼운 무게를 걷어낸 그대의 삶은
공간이 미치는 끝까지 올라갔습니다. 모든 것을 넘어 위로,
빠르게 식어가는 세상의 공허를 채우면서.
올라가면서, 거의 알 수 없는 까마득히 먼 곳에서
삶이 부드럽게 밤에 닿을 때까지. 거기 별 몇 개가
가장 가까운 현실이 되어 저항하며 삶과 맞섰습니다.

1907년

양귀비

뜰 한구석에 고약한 잠이 피어납니다.
그 잠으로 몰래 들어간 사람들은
거울에 비친 젊은 사랑의 영상을 발견했지요.
온순하고 솔직하며 오목하였습니다.

흥분한 얼굴로 나타난 꿈은
키 높이 장화를 신어 키가 더 컸습니다.
이 모든 것이 저 꼭대기의
날씬하며 나약한 줄기에서 멈추었습니다. 줄기는

(꽃봉오리를 아래로 나르면서 이제는 시들겠구나,
오래오래 생각한 끝에) 앙다문 씨방을 들어올립니다.
열과 성을 다해 양귀비 꽃을 에워싼
술장식 꽃받침을 열어젖히면서.

1908년

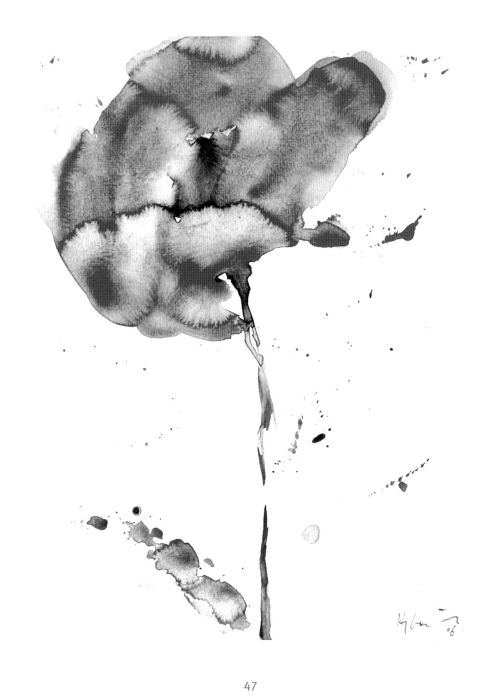

빛에 눈이 부서 사라진 길

빛에 눈이 부서 사라진 길,
그러다 꿈인 듯 홀연히 나타난 성문 하나,
보이지 않는 벽에 넓게 박혀 있네요.

문설주 나무는 기나긴 한낮에 그을려 탔지만
아치 가장자리에서는
문장과 영주의 왕관이 끄덕없이 버팁니다.

발 들여놓으시는 그대는 손님입니다. 누구네 손님인가요?
그대 몸을 떨며 황량한 대지를 바라봅니다.

1898년

구름 동화

포근한 한낮의 목소리가 잠겼습니다.
망치 소리가 잦아들 듯이.
노란 골드멜론처럼
큰 달이 언덕배기 채소밭에 누웠습니다.

작은 구름 하나 그 달이 먹고 싶어서
환한 둥근 달 한 움큼
날름 집어다가
작은 볼이 터지도록 허겁지겁 씹었습니다.

도망가던 걸음을 한참이나 멈추고서
구름은 빛을 몽땅 빨아먹었지요.
그 순간 밤이 금빛 열매를 집어 올렸고,
구름은 그만 검게 물들어 녹아버리고 말았지요.

1895년

백조

미처 하지 못한 일들을 지나쳐
묶인 사람처럼 무거운 걸음을 옮기는 이 고역은
볼품없는 백조의 걸음을 닮았습니다.

그리고 죽음은, 우리가 매일 밟고 서는 땅을
이렇듯 더는 딛지 못한다는 것은
위태위태 물에 주저앉는 백조의 앉음새를 닮았지요.

물은 백조를 포근히 받아 안아
신나지만 덧없이
백조의 배 밑을 뒷발질치며 흘러갑니다. 찰랑찰랑 물결치며.
그러나 백조는 너무도 조용하고 당당하게
갈수록 어른스럽고 기품 있게
유유히 앞으로 나아갑니다.

1905년/06년

스페인 무희

불꽃이 되어 사방으로
날름대는 헛바닥을 뻗기 전,
손에 들린 하얀 성냥개비처럼, 빙 둘러
가까이 다가온 구경꾼들 한가운데에서 그녀의 동그란 춤이
허겁지겁, 환하게, 뜨겁게 요동치며 퍼져나가기 시작합니다.

그러다 홀연히 춤은 불꽃이 됩니다. 온전히.

그녀가 한번의 눈길로 제 머리카락에 불을 붙이고
대담한 춤솜씨로 단숨에 옷을 통째로
이 뜨거운 불길 속으로 던지니
그 불길에서 맨팔이 깜짝 놀란 뱀처럼
깨어나 덜컥대며 기지개를 켭니다.

그러다 불길이 사그라든 듯
그녀는 불길을 모아 아주 당당하고
거만한 몸짓으로 집어던지고는
지켜봅니다. 불꽃은 땅바닥에 누워 몸을 뒤채고
여전히 타오르며 굴복하지 않습니다.
허나 그녀는 승리에 취하고 확신에 차서
달콤하고 다정한 웃음을 띠며 얼굴을 치켜들고
작은 두 발로 불꽃을 짓밟아 꺼버립니다.

1906년

검게 물들어가는 실측백나무를 바라보세요

풀밭에서 검게 물들어가는
실측백나무를 바라보세요. 거닐 수 없는
가로수길에는 돌처럼 굳은 표정의 형체들이
우리는 본체만체
누군가를 하염없이 기다립니다.

그런 고요한 모습을 닮고 싶습니다.
다시 왔다 떠나는
장미의 품에서 차분히 손 내밀고 싶습니다.
연못 중의 연못처럼 줄곧
사계절 푸르른 참나무의 검은 거울을
내 마음에 간직하고서, 무수한 밤의
큰 별자리를 더 가까이에서 보고 싶습니다.

1898년

달밤

남독일의 밤은 무르익은 달빛에 혼곤히 취했고
세상 모든 동화가 돌아온 듯 아늑합니다.
탑에 갇힌 많은 시간이, 바다로 떨어지듯,
저마다의 심연으로 무겁게 떨어져 내립니다.
야간 순찰이 뛰어가는 소리와 고함 소리,
그러다 잠시 텅 빈 침묵이 흐르고,
바이올린 하나 (신은 어떻게 아시는지)
잠을 깨어 아주 천천히 말을 합니다.
어떤 금발 여인이 말이야……

1899년

가을날

주여, 때가 왔습니다. 여름은 참으로 위대했습니다.
당신의 그림자를 해시계 위로 던지시고
들판에 바람을 풀어놓아 주소서.

남은 과일에게 여물라 명하시고
이틀만 더 남국의 날을 베푸소서.
무르익으라 과일을 채근하시고
무거운 포도송이에 마지막 단맛이 깃들게 하소서.

지금 집이 없는 사람은 더는 집을 짓지 않습니다.
지금 혼자인 사람은 오래도록 혼자일 것이며
깨어나 글을 읽고 긴 편지를 쓸 것이고
낙엽이 굴러다닐 때
불안스레 가로수 길을 이리저리 배회할 것입니다.

1902년

60

내가 믿는 것은 정원

내가 믿는 것은 정원,
꽃밭의 꽃들이 이울면
바래어가는 나뭇잎에 덮인 자갈밭에서는
보리수가 걸러 보낸 침묵이 흘러내립니다.

연못에 백조 한 마리 반짝이는 동그라미를 만들며
이 끝에서 저 끝으로 헤엄칩니다.
백조는 윤기 흐르는 날개에
맨 먼저 은은한 달빛을 싣고서
이제는 아련해진 물가로 데려갈 겁니다.

1897년

가을

오, 바라보는 키 큰 나무여! 잎을 떨구시는군요.
이제 제 가지가 부러뜨려놓은
넘치는 하늘에 가 닿을 만큼 키가 자랐습니다.
여름으로 가득 차서 나무는, 친숙한 머리는
깊고 짙으며 우리를 생각하는 것 같습니다.
이제 나무의 온 마음은 하늘의
거리가 됩니다. 그리고 하늘은 우리를 알지 못합니다.

특별한 일 하나. 우리는 새들의 비행처럼
새로운 관문을 지나 달려갑니다.
문은 세상만 받아주는
공간의 권리로 우리를 거부하는군요. 우리의 옷자락이
던진 물결의 느낌은 인연을 찾고
깃발처럼 대놓고 자신을 위로합니다.

그러나 향수는 나무의 머리를 뜻합니다.

1924년

해변에서

밀물이 왔다가도
여전히 저 멀리서 파도 소리 요란합니다.
물은 사납고 하늘에는
별들이 총총하지요.

누가 보았을까요,
오 축복받은 땅이여!
물결은 어찌 그대를
감당하였을까요.

저 멀리서 여전히 파도 소리 요란합니다.
밤바람이 추억을
데려오고, 물결은
모래 속에서 길을 잃었습니다.

1908년 무렵

불안

시든 숲에 울리는 새 울음소리,
이 시든 숲에선 아무 의미도 없을 듯합니다.
허나 동그란 그 울음소리는
소리가 태어나는 이 순간에
하늘처럼 드넓게 시든 숲에 깃듭니다.
만물이 순순히 그 울음소리에 자신을 내맡깁니다.
온 땅이 소리없이 그 소리 안에 몸을 누인 듯하고
큰 바람마저 그 소리에 기대는 듯합니다.
더 나아가려는 시간은
그 소리에서 빠져나오면
누구든 죽을 수밖에 없다는 것을
알기라도 한 듯 창백하고 조용하군요.

1900년

68

늦가을 베네치아에서

이제 도시는 떠올랐던 그 모든 날을 낚는
미끼처럼 떠다니지 않습니다.
유리 궁전들이 당신의 시선에 부딪혀
더 깨질 듯 쨍쨍 울립니다. 여기저기 정원에선

여름이 한 무더기 꼭두각시 인형처럼
거꾸로, 피곤에 젖어, 죽은 채 매달려 있습니다.
그러나 저 바닥 태곳적 숲의 뼈대에서는 의지가 솟구칩니다.
밤새도록 아르세날레*에 불을 밝혀

이튿날 아침까지 갤리선을 곱절로 늘리라고
해군제독이 명령이라도 내린 것 같습니다.
내일 아침의 대기부터 함대의 타르 냄새로 물들이자며

그 함대들은 힘차게 노를 저어
앞으로 나아가다 허둥지둥 모든 깃발을 말아 올리며
큰 바람을 만날 겁니다. 찬란하게 빛나며,

1908년

*아르세날레 디 베네치아(이탈리아어: Arsenale di Venezia)는 이
탈리아 베네치아에 있는 조선소이자 병기창 복합단지이다. 아르세
날레는 16세기까지 세계에서 가장 강력하고 효율적인 조선소였다.

가을

낙엽이 집니다. 저 먼 곳에서 내려오는 듯
까마득히 먼 하늘의 정원에서 시드는 듯
낙엽은 거부하는 몸짓으로 떨어집니다.

그리하여 밤이 오면 온 별에서 내려온
무거운 대지가 고독 속으로 떨어집니다.

우리 모두 떨어져 내립니다. 여기 이 손도 떨어져 내립니다.
그대여, 다른 것들에게로 눈길을 돌려보세요. 세상 모든 것이 그러합니다.

하지만 어느 한 분이 계시어
이 낙하(落下)를 두 손으로 한없이 부드럽게 받쳐주십니다.

1902년

고독

고독은 비와 같지요.
바다에서 솟아올라 저녁을 향해 달려갑니다.
멀고 외진 평원에서
늘 고독한 하늘을 향해 달려갑니다.
그리고 하늘에 이르러서야 도시로 떨어집니다.

비는 동틀 녘에 내립니다.
모든 골목이 아침을 향해 몸을 뒤척이는 시간
아무것도 찾지 못한 몸들이
실망으로 슬퍼하며 서로를 놓아주는 시간
미워하는 사람들끼리
한 침대에서 자야 하는 시간.

그때 고독은 강물이 되어 흐릅니다……

1902년

펀펀한 땅에는 기다림이 있었습니다

펀펀한 땅에는 한번도 온 적 없는
손님을 기대하는 기다림이 있었습니다.
초조한 뜰이 또 한 번 묻고는
뜰의 미소가 서서히 굳어집니다.

해진 저녁 한가로운 늪지에선
가로수길이 여위어갑니다.
가지에 매달린 사과는 불안에 떨며
바람이 불 때마다 아파합니다.

1897년

폭풍

폭풍의 매를 맞은 구름이
수백 나날의 하늘을
단 하루 만에
내달릴 때면

헤트만*이여! 나는 멀리서 그대를
(그대의 카자크 민족을 선선히
가장 위대한 분께로
이끌어가려는 그대를) 느낍니다.
마제파**여! 가로로 누운 그대의 목을
나는 느낍니다.

그러면 나도 무럭무럭 김 오르는 잔등에 올라
미친 듯 내달려야 합니다.
만물이 내 눈에서 사라져
알아볼 수 있는 것은 하늘뿐입니다.

어둠에 싸이고 빛에 싸여
나는 구름 아래
평원처럼 납작 누웠습니다.
나의 눈을 연못처럼 크게 떴으니
그 눈동자 안에서도 똑같은 질주가
내달립니다.

1904년

* 15세기부터 18세기에 걸쳐 폴란드 왕국, 우크라이나, 리투아니아 대공국과 3국의 연합체인 폴란드-리투아니아 연방 (공화국)에서 국왕 다음의 지위였던 군 사령관직의 호칭.

** 우크라이나의 전설적인 영웅

가을 분위기

문 앞에 벌써 죽음이 찾아와 조용히 서 있는
임종 방처럼 공기는 미적지근합니다.
눅눅한 지붕엔 꺼지려는 촛불 빛처럼
핼쑥한 빛이 내려앉았습니다.

빗물이 가르릉 대며 빗물 통을 지납니다.
매가리 없는 바람은 나뭇잎 시신들을 검시합니다.
내몰린 도요새 한 무리처럼
작은 구름들이 회빛 하늘을 불안스레 지나갑니다

1896년

가을의 끝

언제부턴가
모든 것이 변해갑니다.
무엇인가 일어나 움직이고
죽이고 괴롭힙니다.

뜰도 점차
모습을 바꾸어
노랗게 물이 들었다가
느릿느릿 누렇게 쇠락합니다.
그 길이 참으로 멀었습니다.

지금 나는 빈 뜰에 서서
가로수 길 구석구석을 살핍니다.
저 먼 바다에 이르기까지
하늘은 아무도 들이지 않을 듯
근엄하고 심각한 표정입니다.

1902년에서 1906년 사이

강림절*

겨울 숲에 바람이 휘몰아쳐
목동처럼 눈송이 떼를 몰아댑니다.
전나무는 예감합니다.
이제 곧 촛불 밝혀 경건하고 신성해지리라.
전나무는 바깥을 향해 귀를 쫑긋 세우고
눈 덮인 하얀 길 쪽으로 나뭇가지를 쭉 뻗으며
각오를 다지고서 바람에 맞서며
영광의 그 한 밤을 향해 자라납니다.

1897년

* 예수 그리스도의 탄생을 기념하는 준비 기간으로,
11월 30일(성 안드레아스 축일)에서 가장 가까운 일요
일에 시작되며 그날은 교회력이 시작되는 첫날입니다.

그대 잠들지 않은 숲이여

그대 잠들지 않은 숲이여, 겨울을 나느라 힘겨운 가운데에도
봄기운을 살피시어
나직이 그대의 은빛을 방울방울 맺습니다.
초록으로 변해가는 그대의 그리움을 내가 볼 수 있도록.

그대의 길을 계속 따라가면
나는 어디서 와서 어디로 가는지 잊습니다.
내가 아는 것은, 그대의 심연을 가리던 문이
이제 더는 없다는 것.

1898년

라이너 마리아 릴케의 시와 나눈 대화

청소년 시절부터 라이너 마리아 릴케의 시를 많이 읽었습니다. 한번 읽어서는 이해가 안 되는 어려운 시도 많았지만, 그래도 어디를 가나 늘 그의 시집을 들고 다녔지요. 그의 시를 이해하고 싶다는 호기심과 바람은 시간이 갈수록 커져만 갔고요. 언어와 운율을 가지고 노는 그의 유희는 지금까지도 저의 마음을 사로잡습니다. 고요한 언어로 신비한 세상을 그려내고, 다양한 차원에서 자신의 주제를 서정적으로 풀어내는 그의 방식은 참으로 매력적입니다. 그의 표현은 정말 우아하고 세련되었지요. 사실 그의 언어에는 형이상학적 차원에 버금가는 완성도와 농도가 담겨 있거든요.

라이너 마리아 릴케의 시를 읽으면서 저는 그가 쉬지 않고 존재를 추구한다는 느낌을 받았습니다. 존재, 즉 말이 진실이 되는 바로 그 지점 말입니다. 그러나 아마 그도 느꼈듯, 그는 자신이 원하는 그 정도의 완벽함에는 이르지 못했습니다. 문학이라는 형식으로는 불가능한 일이었을 겁니다. 그러기에 그는 성공의 봉우리에 도달한 후 10년 동안이나 글을 쓰지 않았습니다. 그러나 그 힘든 시간을 거친 후 마침내 그의 언어는 다시 봇물 터지듯 터져 나왔습니다. 그가 문학을 통해 순수한 단어를 넘어서는 세상으로 가겠다는 자신의 목표를 이루었는지는 모를 일입니다. 그러나 그의 문학이 갖는 위대함, 그의 언어에 담긴 음악성과 섬세함은 이론의 여지가 없습니다. 제가 깊디깊은 그의 문학으로 들어가서 그림으로 그의 시와 대화를 나누고자 노력한 이유도 바로 그 때문입니다.

저는 릴케의 풍성한 작품 중에서 자연과 직접 관련이 있는 시들을 골랐습니다. 그리고 그의 길을 따라 걸으며, 추상으로 미끄러지지 않으면서도 단순한 복사를 넘어서는 그림을 그리려 노력하였습니다. 물론 각 시의 주제도 잊지 않았습니다. 소재의 깊이를 붓과 물감과 물을 이용해 종이에 담는 것이 저의 목표였으니까요. 이리저리 따져보았지만 역시나 이번에도 가장 어울리는 기법은 수채화였습니다. 수채화를 이용하면 가까이에서 멀리 뻗어 나가는 그 황홀한 변화를 가장 잘 담아낼 수 있으니까요. 물론 그림도 제 나름의 시적 매력을 풍깁니다. 그러나 그렇게 되도록 저를 자극한 것은 항상 릴케의 시였습니다.

제 그림이 릴케의 시에 깊이를 더했을지, 그건 잘 모르겠습니다. 순수한 형태의 수채화 -물과 물감의 이 매력적인 유희-는 자체의 역동성이 있습니다. 그래서 여기서도 그 정신적, 기술적 능력에는 한계가 있었을 겁니다. 그러나 저의 그림이 이 책의 독자들에게 시로 다가갈 수 있는 길을 닦아준다면 그것으로 이미 제가 시인과 나눈 그림 대화는 충분히 보람 있는 작업일 것입니다.

한스-위르겐 가우데크

라이너 마리아 릴케 *Rainer Maria Rilke*

1875년, 프라하에서 태어나다. 본명은 르네 마리아 릴케.

1885년 -1891년, 군사학교를 다니며 처음으로 글을 쓰기 시작하다.

1894년, 첫 시집을 발표하다

1895년 -1900년, 대학입학 자격시험을 마친 후 프라하, 뮌헨, 베를린에서 미술사와 문학사, 철학을 공부하다. 초기 시들, 첫 산문을 발표하다. 이름을 르네에서 라이너로 바꾸다.

20세기 초부터는 보르프스베데에서 파리에 이르기까지 두루 거처를 옮겨 다니며 현대문학의 가장 중요한 시인으로 떠오르다. 많은 단편소설, 한 편의 장편소설, 예술과 문화를 주제로 한 수많은 글을 발표하고, 외국 문학작품과 시를 번역하며, 엄청난 양의 편지를 남기다.

1924년 -1926년, 결핵으로 요양원 생활을 하다.

1926년, 스위스 몽트뢰에서 눈을 감다.

시 작품

삶과 노래 (1894년)

가신에게 바치는 제물 (1895년)

기다림, 민중에게 바치는 노래 (1896년)

꿈의 왕관을 쓰고 (1896년)

강림절 (1897년)

나의 축제를 위하여 (1899년)

기도시집 (1905년)

형상시집 (1902년/1906년)

신시집 (1907년)

신시집 별권 (1908년)

진혼곡 (1909년)

마리아의 생애 (1912년)

두이노의 비가 (1923년)

오르페우스에게 바치는 소네트 (1923년)

한스-위르겐 가우데크   *Hans-Jürgen Gaudeck*

    1941년 12월 11일 베를린에서 태어났다. 사무직 직업 교육을 받은 후 베를린에 있는 대학 경제학 연구소에서 공부하였고 1966년 경제학 학사 학위를 땄다. 일을 하면서 그림에도 열정을 보여 화가 그룹 "메디테라네움"에서 활동하였고, 그 기간 "자유 베를린 미술 전시회"에 참여하여 많은 작품을 선보였다. 이어 수많은 개인 전시회를 열었다. 유럽, 아시아, 아프리카, 미국 등지를 두루 여행하며 넓은 세상을 만나고 있다.

    자신이 그린 아름다운 그림에 고운 문학작품을 담아낸 책을 계속해서 펴내고 있다.

내가 정원이면 좋겠습니다

릴케 수채화 시집

초판 1쇄 발행 2025년 1월 20일

엮은이 한스-위르겐 가우데크

옮긴이 장혜경

펴낸곳 모스 그린

디자인 design mari

출판등록번호 제 2024-000222호

주소 경기도 고양시 일산서구 강선로 49

전화 070·7524·6122

팩스 0505·330·6133

이메일 jip201309@gmail.com

ISBN 979-11-990365-1-2(03850)